10 février 1903

1re Vente DENIÈRE

Les Mardi 10, Mercredi 11 & Jeudi 12 Février 1903

Et jour suivant s'il y a lieu

A DEUX HEURES PRÉCISES

DANS UN LOCAL

38 — RUE DE TURENNE — 38

MODÈLES

POUR

BRONZES D'ART

d'Ameublement, d'Éclairage

et de grande Décoration

AVEC DROIT DE REPRODUCTION

PROVENANT

De la Maison DENIÈRE

FABRICANT DE BRONZES A PARIS

PAR SUITE DE DÉCÈS

A la requête de M. MÉNAGE, Administrateur judiciaire près le Tribunal de la Seine

EXPOSITION PUBLIQUE

Les Dimanche 8 et Lundi 9 Février 1903

DE 10 HEURES DU MATIN A 4 HEURES DU SOIR

COMMISSAIRES-PRISEURS

Me Henri BERNIER	Me Frédéric LECOCQ
11, rue Saint-Lazare	Rue Richer, 41

EXPERTS

M. BOUCHÉ	M. GASTAMBIDE
54, Boulevard du Temple	Rue Sainte-Anne, 49

PARIS — 1903

IMPRIMERIE MAULDE ET RENOU

MAULDE, DOUMENC & Cie

IMPRIMEURS DE LA COMPAGNIE DES COMMISSAIRES-PRISEURS

Rue de Rivoli, 144. — Paris

1re Vente DENIÈRE

Les Mardi 10, Mercredi 11 & Jeudi 12 Février 1903

Et Jour suivant s'il y a lieu

A DEUX HEURES PRÉCISES

DANS UN LOCAL

38 — RUE DE TURENNE — 38

MODÈLES

POUR

BRONZES D'ART

d'Ameublement, d'Éclairage

et de grande Décoration

AVEC DROIT DE REPRODUCTION

PROVENANT

De la Maison DENIÈRE

FABRICANT DE BRONZES A PARIS

PAR SUITE DE DÉCÈS

A la requête de M. MÉNAGE, Administrateur judiciaire près le Tribunal de la Seine

EXPOSITION PUBLIQUE

Les Dimanche 8 et Lundi 9 Février 1903

DE 10 HEURES DU MATIN A 4 HEURES DU SOIR.

COMMISSAIRES-PRISEURS

Me Henri BERNIER	**Me Frédéric LECOCQ**
11, rue Saint-Lazare	Rue Richer, 41

EXPERTS

M. BOUCHÉ	**M. GASTAMBIDE**
54, Boulevard du Temple	Rue Sainte-Anne, 49

PARIS — 1903

CONDITIONS DE LA VENTE

Elle sera faite **expressément au comptant.**

Les Acquéreurs paieront **dix pour cent** en sus du prix d'adjudication.

Il n'y a pas de fonte.

Il ne sera admis aucune réclamation une fois la **livraison opérée.**

TABLE

Maulde, Doumenc et Cie, imprimeurs de la Cie des Commissaires-Priseurs, rue de Rivoli, 144. 1000—8689

Désignation

FIGURES POUR TORCHÈRES, GROUPES ET STATUETTES

1 — Figure debout **Nègre**, style Louis XIV, pour torchère.

Haut. $1^{m}51$.

2 — Figure debout, **Négresse**, faisant pendant à la précédente figure.

Haut. $1^{m}51$.

3 — Figure **Nègre**, pour grand candélabre.

Haut. $0^{m}70$.

4 — Figure **Négresse**, faisant pendant à la précédente figure.

Haut. $0^{m}70$.

5 — Bouquets et Ornements d'accompagnement, style **Louis XIV**, à fruits.

6 — Figure **Nègre,** plus petite.

Haut. 0^m55.

7 — Figure **Négresse,** plus petite.

Haut. 0^m55.

8 — Figure **Bacchante debout** (à la coupe).

Haut. 1^m30.

Par CLODION.

9 — Figure **Bacchante debout** (à la grappe).

Haut. 1^m30.

Par CLODION.

10 — La même **Bacchante** (à la coupe), réduction du n° 8.

Haut. 0^m59.

11 — La même **Bacchante** (à la grappe), réduction du n° 9.

Haut. 0^m69.

12 — La même **Bacchante** (à la coupe), pour candélabre.

Haut. 0^m45.

Par CLODION.

13 — La même **Bacchante** (à la grappe), pour candélabre.

Haut. 0^m45.

Par CLODION.

14 — La même **Bacchante**, plus petite (réduction).

Haut. 0^m40.

15 — La même **Bacchante** (à la grappe), (réduction).

Haut. 0^m40.

16 — Ornements et Bouquets pour **Candélabres.**

17 — Groupe **Borée enlevant Orythie.**

Haut. 1^m.

Par Gaspard Marsy.

18 — Groupe **Pluton enlevant Proserpine.**

Pendant du précédent.

Haut. 0^m97.

19 — Groupe **Enlèvement des Sabines.**

Haut. 0^m90.

Par Jean de Bologne.

20 — Groupe **Centaure Nessus enlevant Déjanire.**

Haut. 0^m86.

Par Jean de Bologne.

21 — Groupe l'**Innocence entraînée par l'Amour.**

Haut. 0^m85.

Par Couston.

22 — Le même (réduction).

Haut. 0^m50.

23 — Groupe **Musique et Poésie.**

Haut. 0^m78.

Par Couston

24 — Le même (réduction).

Haut. 0^m64.

25 — Le même (réduction).

Haut. 0^m50.

26 — Statuette **Marie Leczinska.**

Haut. 0^m55.

Par Couston.

27 — La même (réduction).

Haut. 0^m48.

28 — Statuette **Saint Sébastien.**

Haut. 0^m90.

Par Le Puget.

29 — Groupe **Hercule et l'Amour.**

Haut. 0^m70.

Par Le Puget.

30 — Statuette **Hercule sur le Bûcher.**

Faisant pendant au précédent.

Haut. 0^m75.

Par Le Puget.

31 — Groupe **Deux Faunes dansant avec une Bacchante.**

Haut. 0m75.

Par CLODION.

32 — La même (réduction).

Haut. 0m58.

33 — La même (réduction).

Haut. 0m47.

34 — La même (réduction).

Haut. 0m30.

Par CLODION.

35 — Groupe **Deux Bacchantes dansant avec un Faune.**

Haut. 0m75.

Par CLODION.

36 — Le même (réduction).

Haut. 0m58.

37 — Le même (réduction).

Haut. 0m47.

38 — Le même (réduction).

Haut. 0m30.

39 — Statuette **Innocence.**

Haut. 0m50.

Par CLODION.

40 — La même.

Haut. 0^m38.

41 — Groupe **Faunesse enivrant ses faunisques.**

Haut. 0^m38.

Par Clodion.

42 — Le même (réduction).

Haut. 0^m29.

43 — Statuette **Amour effeuillant une fleur.**

Haut. 0^m34.

Par Clodion.

43 *bis* — La même.

Fonte seulement.

Haut. 0^m33.

44 — La même (réduction).

Haut. 0^m23.

45 — Statuette **Bacchante couchée au tambourin.**

Musée du Louvre.

Par Clodion.

45 *bis* — La même en fonte de fer pour la mise au point du marbre.

46 — Statuette **Petite Bacchante couchée.**

Par Clodion.

47 — Groupe **Trois Enfants à la panthère.**

Haut. $0^{m}32$.

Par DELARUE.

48 — Le même (réduction).

Haut. $0^{m}26$.

49 — Statuette **Mercure attachant ses talonnières.**

Haut. $0^{m}60$.

Par PIGALLE.

50 — Statuette Enfant assis, **Messager d'Amour,** (écrivant).

Haut. $0^{m}60$.

Par PIGALLE.

51 — La même (réduction).

Haut. $0^{m}44$.

52 — Statuette Enfant assis, **Messager d'Amour** (envoyant son message).

Haut. $0^{m}60$.

Par PIGALLE.

53 — La même (réduction).

Haut. $0^{m}44$.

54 — Statuette **Flore.**

Haut. $0^{m}76$.

Par CLODION.

55 — La même (réduction).

Haut. $0^{m}42$.

56 — Statuette **Pomone.**

Haut. 0m76.

Par Clodion.

57 — La même (réduction).

Haut. 0m42.

58 — Statuette **Amour assis.**

Haut. 0m34.

Par Clodion.

59 — Statuette **Psyché.**

Haut. 0m34.

Par Clodion.

60 — Statuette **Le Temps.**

Fondu sur ancien.

Haut. 0m54.

61 — Groupe **Amour et Innocence.**

Haut. 0m26.

62 — Groupe **Enfants au Chien** (se couronnant).

Haut. 0m27.

63 — Groupe **Enfants aux Fleurs** (se couronnant).

Haut. 0m27.

64 — Statuette **Jeune Fille à l'Oiseau mort.**

Moulée sur marbre ancien.

Haut. 0m28.

Par Falconnet.

65 — Enfant assis **jouant du pipeau.**

Haut. 0m27.

66 — Le même (réduction).

Haut. 0m24.

67 — Le même (réduction).

Haut. 0m19.

68 — Groupe **Enfant au Cygne.**

Haut. 0m24.

69 — Groupe **Enfant au Cygne.**

Faisant pendant au précédent.

Haut. 0m24.

70 — Statuette **Madone de Nuremberg.**

Haut. 0m80.

71 — Statuette **Mercure.**

Haut. 0m68.

Par JEAN DE BOLOGNE.

72 — Groupe **Amour se confiant à l'Amitié.**

Haut. 0m74.

Par A. CARRIER.

73 — Le même (réduction).

Haut. 0m50.

74 — Statuette **Ambroise Paré.**

Haut. 0m68.

Par A. CARRIER.

75 — La même (réduction).

Haut. 0^m50.

76 — Statuette **Charles Ier**.

Haut. 0^m68.

Par A. Carrier.

77 — La même (réduction).

Haut. 0^m56.

78 — Statuette **Cromwell.**

Haut. 0^m68.

Par A. Carrier.

79 — La même (réduction).

Haut. 0^m50.

80 — Statuette **Bossuet.**

Haut. 0^m68.

Par A. Carrier.

81 — La même (réduction).

Haut. 0^m50.

82 — Statuette **Cujas.**

Haut. 0^m64.

Par A. Carrier.

83 — La même (réduction).

Haut. 0^m50.

84 — Statuette **Le Défi.**

Haut. 0^m53.

Par A. Carrier.

85 — Statuette **Le Défi.**

Faisant pendant à la précédente.

Haut. 0^m53.

Par A. Carrier.

86 — Statuette assise **Montaigne.**

Haut. 0^m42.

Par A. Carrier.

87 — Statuette **Galathée.**

Haut. 0^m95.

Par Carrier-Belleuse.

88 — La même, drapée.

Haut. 0^m95.

89 — Statuette **Galathée**, non drapée.

Haut. 0^m75.

Par Carrier-Belleuse.

90 — Statuette **Diane Renaissance.**

Haut. 0^m90.

Par Carrier-Belleuse.

91 — La même (réduction).

Haut. 0^m70.

92 — Statuette **Jeune Mère.**

Haut. $0^{m}77$.

Par Charpentier.

93 — Statuette **Élisabeth d'Angleterre.**

Haut. $0^{m}71$.

94 — Statuette **Marie-Stuart.**

Haut. $0^{m}67$.

95 — Statuette **Jeune Pâtre,** debout.

Haut. $0^{m}49$.

96 — Statuette **Cérès debout** (Musée du Vatican).

Haut. $0^{m}45$.

97 — Groupe **Le Temps et l'Histoire.**

Haut. $0^{m}70$.

98 — Le même (réduction).

Haut. $0^{m}48$.

99 — Groupe **Leçon de Danse.**

Haut. $0^{m}50$.

100 — Groupe **Leçon de Maintien.**

Haut. $0^{m}50$.

101 — Statuette **Arlequin.**

Haut. $0^{m}43$.

Par Jacques Gauthier.

102 — Statuette **Pierrot.**

Haut. $0^{m}43$.

Par Jacques GAUTHIER.

103 — Statuette **Sainte Cécile.**

Haut. $0^{m}27$.

104 — Statuette **Minerve debout.**

Haut. $0^{m}24$.

105 — Statuette **Minerve.**

Haut. $0^{m}23$.

106 — Statuette **Joueuse d'Osselets.**

Haut. $0^{m}29$.

107 — La même (réduction).

Haut. $0^{m}24$.

108 — La même (réduction).

Haut. $0^{m}21$.

109 — La même (réduction).

Haut. $0^{m}18$.

110 — Statuette **Apollon**.

Haut. $0^{m}21$.

111 — Statuette **Vestale.**

Haut. $0^{m}21$.

112 — Statuette **Jeune Pâtre appuyé sur un tronc d'arbre.**

Haut. 0^m18.

113 — Deux Statuettes **Muses.**

Haut. 0^m19.

114 — Groupe **Zéphir et Femme.**

Haut. 0^m58.

115 — Groupe **Femme et Zéphir.**

Pendant du précédent.

Ces deux groupes pour candélabres.

Haut. 0^m58.

116 — Statuette pour candélabre **Femme coiffée de perles.**

Haut. 0^m39.

117 — Statuette pour candélabre **Femme coiffée de roses.**

Haut. 0^m39.

118 — Statuette pour candélabre **Femme portant un vase.**

Haut. 0^m40.

119 — Statuette pour candélabre.

Faisant pendant à la précédente.

Haut. 0^m40.

120 — Statuette pour candélabre **Le Jour**.
Haut. 0m60

121 — Statuette pour candélabre **La Nuit.**
Haut. 0m60.

122 — Statuette **Femme debout,** pour candélabre.
Haut.

123 — Stauette **Femme debout,** pour candélabre.
Faisant pendant à la précédente.
Haut.

BUSTES

124 — Buste **Mme Récamier.**
Haut. 0m60.

125 — Buste **Automne.**
Haut. 0m50.

126 — Buste **Enfant,** à la chemisette.
Haut. 0m38.

127 — Buste Femme **Le Printemps.**
Haut. 0m27.

128 — Buste Femme **L'Été.**
Haut. 0^m27.

129 — Buste **Jean qui rit.**
Haut. 0^m19

130 — Buste **Jean qui pleure.**
Haut. 0^m19.

131 — Buste **Louis-Philippe.**
Haut. 0^m16.

PENDULES ET CANDÉLABRES, PENDULETTES

132 — Grande Pendule, sujet **Neptune,** style **L. XIV.**
Haut. 0^m90.

133 — Candélabre d'accompagnement, style **L. XIV,** 12 lumières.
Haut. 1^m15.

134 — La même Pendule (réduction).
Haut. 0^m70.

135 — Candélabres d'accompagnement.
Haut. 0^m85.

136 — Grande Pendule style **Louis XIV** : **Triomphe d'Amphitrite.**

137 — Ornement pour accompagnement.

138 — Pendule style **Régence,** à rayons.

Château de Versailles.

139 — Candélabre d'accompagnement, sujet **Enfant guerrier**.

140 — **Enfant** et ornement pour contre-partie.

141 — Pendule style **Louis XV,** à graines.

Fondu sur ancien.

142 — Pendule style **Louis XV,** à la corbeille.

Fondu sur ancien.

143 — Pendule style **Louis XV.**

Fondu sur ancien.

De Saint-Germain.

144 — Cul-de-Lampe style **Louis XV,** pour accompagnement.

Fondu sur ancien.

145 — Pendule style **Louis XVI,** Enfant à la grenade.

Fondu sur ancien.

146 — Pendule style **Louis XVI,** gros Enfant, **La Science.**

Fondu sur ancien.

Haut. 0^m65.

147 — La même (réduction).

Haut. 0^m50.

148 — Pendule **Lion marchant,** style Louis XVI.

Fondu sur ancien.

149 — Pendule style **Louis XVI,** deux Enfants, l'un à la viole, l'autre à l'arc.

Fondu sur ancien.

150 — Candélabre **deux Enfants.**

Fondu sur ancien.

Sur biscuit de Sèvres.

151 — Pendule Minerve couronnant un buste, style **Louis XVI.**

Fondu sur ancien.

152 — Pendule style **Louis XVI,** deux Enfants, astronomie.

Fondu sur ancien.

153 — Pendule **Lion héraldique,** ornement chêne.

Fondu sur ancien.

154 — Pendule style **Louis XVI,** à chapiteaux.

Fondu sur ancien.

155 — Pendule style **Louis XVI,** Enfants couchés.

156 — Pendule style **Louis XVI,** Réveil de la Science. Fondu sur ancien.

157 — Pendule **Louis XV**, Enfant berceau.

158 — Pendulette **Enfant couronnant**.

159 — Pendulette **Trophée Louis XVI**.

160 — Pendulette **Enfant au Tambour**.

161 — Pendulette style **Louis XVI** (sans base).

162 — Pendule style **Louis XVI,** deux Enfants au Coq. Fondu sur ancien.

163 — Pendule style **Louis XVI,** Enfant au Tambour.

164 — La même, plus petite (arrangement).

165 — Pendule style **Louis XVI,** Enfant à l'arc.

166 — Pendule **Amour au Pigeon,** à tore laurier. Fondu sur ancien.

167 — Pendule style **Louis XVI,** enfant écrivant.

168 — Pendule style **Louis XVI,** deux Enfants Science. Fondu sur ancien.

169 — Pendule style **Louis XVI**, Enfant debout **au Coq.**

Fondu sur ancien.

170 — Pendule style **Louis XVI**, deux Enfants aux Colombes.

Fondu sur ancien.

171 — Pendule style **Louis XVI**, Enfant à la Couronne.

Fondu sur ancien.

172 — Pendule style **Louis XVI**, gros Enfant **au Coq.**

Fondu sur ancien.

173 — Pendule style **Louis XVI, Lyre.**

Fondu sur ancien.

Haut. $0^{m}41$.

174 — Pendule **Louis XVI, Lyre.**

Fondu sur ancien.

Haut. $0^{m}30$.

175 — Pendule style **Louis XVI**, deux Enfants gaine.

Fondu sur ancien.

176 — Socle style **Louis XVI**, pour pendule.

177 — Socle style **grec**, pour marbrerie.

GIRANDOLES, CANDÉLABRES ET BOUTS-DE-TABLE

178 — Candélabre style **Louis XIV**, **Richelieu**, sujet Faune et Faunesse.

179 — Grande Girandole style **Régence.**

179 *bis* — Deux Pieds (même style) pour coupe **cristal.**

180 — Deux Candélabres style **Rococo**, Enfants bras en l'air.

181 — Girandole style **Louis XV**, à 5 lumières.

182 — Girandole style **Louis XV** (trois patins), à 3 lumières.

183 — Bouts-de-Table style **Louis XV**, à 2 et 3 lumières.

184 — Grand Candélabre style **Louis XVI**, Lafayette.

185 — Candélabre style **Louis XVI**, trois Femmes.

186 — Grand Candélabre style **Louis XVI**, vase à anses satyre.

Fondu sur ancien.

187 — Deux Figures **Femmes,** pour Candélabres.

Fondu sur ancien.

188 — Grand Candélabre style **Louis XVI,** Lyre et Têtes d'aigle, à 5 lumières.

Fondu sur ancien.

189 — Candélabre quatre Cariatides, à 9 lumières, style **Louis XVI.**

192 — Candélabre style **Louis XVI,** dit Impératrice, à 9 lumières.

Château de Saint-Cloud.

193 — Le même Candélabre (plus petit).

194 — Statuettes **Satyre** et **Bacchante,** pour candélabres.

Haut. 0m45.

195 — Les mêmes Statuettes, non drapées.

Haut. 0m35.

196 — Les mêmes Statuettes, pour candélabres (réduction de).

Haut. 0m25.

197 — Les mêmes, non drapées.

Haut. 0m25.

198 — Candélabre style **Louis XVI,** triangulaire.

199 — Deux **Enfants à genoux.** pour candélabres.

200 — Deux **Femmes,** pour candélabres.
Fondu sur ancien.

201 — Deux **Enfants bras en l'air,** pour candélabres.

202 — Groupe **Enfants ailés sur nuage.**
Haut. 0m31.

203 — Le même Groupe (réduction).
Haut. 0m27.

204 — Arrangement pour **Enfant seul.**

205 — Deux **Femmes debout bras en l'air,** pour candélabres.
Haut. 0m46.

206 — Deux **Femmes debout,** pour candélabres.
Haut. 0m39.

207 — Deux Figures **Louis XVI,** pour candélabres.
Haut. 0m48.

208 — Les mêmes (réduction).
Haut. 0m38.

209 — Deux Femmes, **Les Saisons** et Enfants satyres, pour candélabres.

210 — Deux **Enfants ailés,** pour candélabres.

211 - Deux **Enfants ailés,** cornets et rubans.

212 — Deux **Enfants assis Saisons,** terrasses et cornets, pour candélabres.

213 — Candélabre **Amours sur colonne,** bouquet de roses, à 3 lumières.

214 — Candélabre style **Louis XVI,** carquois à couronne de roses, à 10 lumières.

215 — Candélabre Enfants, style **Louis XVI,** bouquet cors de chasse et chêne.

216 — Candélabre style **Louis XVI,** carquois, à 10 lumières.

217 — Candélabre **Enfants vignerons,** à 3 lumières.

218 — Girandole style **Louis XVI,** à vase, à 4 lumières.

219 — Girandole style **Louis XVI,** à rubans.
Disposition pour 3 ou 4 lumières.

220 — Petit Candélabre **Enfants,** bouquet roses et vigne, pied à guirlandes.

221 — Le même, Enfants plus petits.

222 — Bout-de-Table style **Louis XVI,** couronne de lauriers, à 2 lumières.

223 — Bout-de-Table style **Louis XVI,** tortillons.

CARTELS

224 — Grand Cartel style **Renaissance,** fleurs et fruits.

225 — Cartel style **Louis XIV,** enfant à la cage.

226 — Cartel style **Louis XV,** Perroquet.

227 — Cartel style **Louis XV,** Minerve.

228 — Cartel style **Louis XV,** Enfant au cadran.

229 — Cartel style **Louis XV,** moyen.

230 — Petit Cartel style **Louis XV.**

231 — Cartel style **Louis XV,** fleuri.

232 — Cartel style **Louis XVI,** guirlandes lauriers et têtes de biches.

233 — Carte style **Louis XVI,** Enfant aux colombes.

234 — Cartel style **Louis XVI,** myrthe.

235 — Petit Cartel style **Louis XVI,** sphère.

236 — Cartel style **Louis XVI,** Lyre.

Fonte seulement.

237 — Œil-de-Bœuf style **Louis XVI,** lauriers.

238 — Œil-de-Bœuf style **Louis XVI,** à rubans.
Fondu sur ancien.

LUSTRES & PLAFONNIERS

239 — Lustre style **Louis XVI,** pour vase cristal.
Disposé pour l'électricité.

240 — Plafonnier **Tête d'aigle,** pour électricité.

241 — Lustre **Veilleuse** à 8 lumières pour électricité.

242 — Lustre style **Louis XIV,** pour cristaux.

243 — Lustre style **Louis XIV,** trois montants.

244 — Lustre **Bouquet Vigne,** à 9 lumières (bougies).

245 — Lustre **La Vigne,** à 6 lumières, pour électricité.

246 — Lustre style **Empire,** Femmes cariatides.

247 — Bras d'**accompagnement** pour électricité.

248 — Plafonnier style **Louis XVI,** couronne de roses.

249 — Lustre style **Louis XVI, thyrse** à 24 lumières.

BRAS DE LUMIÈRES & APPLIQUES A GLACE

250 — Bras style **Louis XIV**, Tête de Femme.

Arrangement pour 3 ou 5 lumières.

251 — Bras style **Louis XIV**, Lyre et Mascaron, à 3 lumières.

Fondu sur ancien.

252 — Bras style **Louis XIV**, Perroquet, à 3 lumières et contre-partie.

253 — Bras style **Louis XIV**, Enfant en gaine, à 4 lumières et contre-partie.

Fonte seulement.

Haut. 0m52.

254 — Le même Bras et contre-partie, tout terminé (réduction).

Haut. 0m33.

255 — Bras style **Louis XIV**, branches enlacées.

256 — Bras style **Louis XIV**, peau de lion, à 2 lumières.

257 — Grand Bras style **Régence**, à chimères, à 5 lumières.

258 — Grand Bras style **Louis XV**, à 3 lumières.

259 — Le même, contre-partie.

260 — Grand Bras style **Louis XV**, à graines.

261 — Le même, contre-partie.

262 — Grand Bras style **Louis XV**, fleuri, à 3 lumières.

263 — Le même, contre-partie.

264 — Grand Bras style **Louis XV**, branches ajourées.

265 — Le même, contre-partie.

266 — Bras style **Louis XV** (réduction).

D'après Fontainebleau.

267 — Bras style **Louis XV**, branches ajourées, à 3 lumières.

Fondu sur ancien.

268 — Le même, contre-partie.

269 — Le même, plus petit, à 2 lumières et contre-partie.

270 — Bras style **Louis XV**, à 2 lumières.

271 — Le même, contre-partie et branches.

272 — Bras style **Louis XV**, à 3 lumières ajourées.

Fondu sur ancien.

273 — Le même, contre-partie.

274 — Bras style **Louis XV,** dit Chicorée, et contre-partie.

Fondu sur ancien.

275 — Bras style **Louis XV,** à 2 lumières.

Fondu sur ancien.

276 — Le même, contre-partie.

277 — Bras **Enfant en gaine**. à 4 lumières.

278 — Le même, contre partie.

279 — Bras style **Louis XV,** à 2 lumières.

280 — Grand Bras **Chêne et Perroquet,** à 6 lumières.

281 — Le même, contre-partie.

282 — Bras style **Louis XVI**, Viole, à 3 lumières.

Fondu sur ancien.

283 — Bras style **Louis XVI,** Tête de Faune, à 2 lumières.

284 — Le même (autres branches).

Fonte seulement.

285 — Bras style **Louis XVI,** Enfants Faunes en gaines.

Disposition pour 3 et 5 lumières.

286 — Bras style **Louis XVI**, à carquois et roses, à 5 lumières.

287 — Le même, à 3 lumières.

288 — Le même, plus petit.

289 — Bras style **Louis XVI**, couronnes et lauriers, à 5 lumières.

290 — Bras style **Louis XVI**, à rubans.

291 — Bras style **Louis XVI**, bobèche ajourée.

293 — Bras style **Louis XVI**, tête de cerf, à 3 lumières.

294 — Bras style **Louis XVI**, Dauphin, à 2 lumières.

295 — Bras style **Louis XVI**, à 2 lumières.

Fondu sur ancien.

(Dit Delafosse).

296 — Bras style **Louis XVI**, branches carrées, à 2 lumières.

297 — Bras style **Louis XVI**, tête de bélier, à 3 lumières.

298 — Bras style **Louis XVI**, Enfant lys, à 3 lumières.

299 — Le même, contre-partie.

300 — Bras style **Louis XVI**, tête d'aigle, à 3 lumières.

301 — Le même, disposition pour 2 lumières.

302 — Grand Bras style **Louis XVI**, têtes de chèvres, à 5 lumières.

De Fontainebleau.

303 — Grand Bras style **Louis XVI**, guirlandes laurier et rubans, à 3 lumières.

Fondu sur ancien.

304 — Bras style **Louis XVI**, vase et consoles, à 3 lumières.

305 — Bras style **Empire** (éléments).

306 — Grande Applique à **glace** à lumières.

307 — Grande Applique à glace, style **Louis XIV**, à lambrequin, à 2 lumières.

308 — Applique style **Louis XIV**, à glace et cristaux.

309 — Petit Bras style **Louis XIV**, tête mascaron, à 2 lumières.

FLAMBEAUX

310 — Flambeau style **vénitien**.

Haut. $0^{m}18$.

311 — Flambeau style **grec**.

Haut. $0^{m}25$.

312 — Flambeau style **Renaissance,** forme carrée, (deux pieds).

Haut. $0^{m}28$.

313 — Flambeau style **Louis XIII.**

Haut. $0^{m}25$.

314 — Le même (réduction).

Haut. $0^{m}22$.

315 — Flambeau style **Louis XIV**, triangulaire.

Haut. $0^{m}28$.

316 — Flambeau style **Louis XIV,** à six pans.

Haut. $0^{m}18$.

317 — Flambeau style **Régence**, Papillon.

Haut. $0^{m}28$.

318 — Flambeau style **Régence,** deux Enfants enlacés.

Haut. $0^{m}38$.

319 — Flambeau style **Régence,** trois consoles.

Haut. $0^{m}23$.

320 — Grand Flambeau style **Régence,** trois Enfants cariatides torses.

Haut. $0^{m}36$.

321 — Le même (réduction).

Haut. $0^{m}27$.

322 — Flambeau style **Régence**, trois consoles riches.

Haut. $0^{m}25$.

323 — Grand Flambeau style **Louis XV**, Papillon, (deux pieds).

Haut. $0^{m}31$.

324 — Flambeau style **Rocaille coquille.**

Haut. $0^{m}28$.

325 — Flambeau style **Louis XV**, torse.

Haut. $0^{m}28$.

326 — Flambeau style **Louis XV** (petit).

Haut. $0^{m}18$.

327 — Flambeau style **Louis XV**, bas.

Haut. $0^{m}17$.

328 — Flambeau style **Louis XVI**, Enfants cariatides.

Haut. $0^{m}37$.

329 — Le même (réduction de).

Haut. $0^{m}30$.

330 — Flambleau style **Louis XVI**, à feuilles d'eau.

Haut. $0^{m}31$.

331 — Flambeau style **Louis XVI**, trois têtes de Femmes.

Haut. $0^{m}33$.

333 — Flambeau style **Louis XVI**, pied torse, à guirlandes de fleurs et graines.

Haut. 0^m30.

334 — Flambeau style **Louis XVI**, trois têtes Bélier, trépied à jour.

Haut. 0^m29.

335 — Flambeau style **Louis XVI**, trois têtes d'Anges et trépied.

Haut. 0^m30.

336 — Flambeau **Enfants François** (à fleurs).

Haut. 0^m28.

337 — Flambeau style **Louis XVI**, à feuilles d'acanthe et tigettes.

Haut. 0^m27.

338 — Flambeau style **Louis XVI**, raie de cœur.

Haut. 0^m27.

339 — Flambleau Cassolette, style **Louis XVI**, à têtes de lion.

Haut. 0^m22.

340 — Flambeau Cassolette, style **Louis XVI**, à guirlandes lauriers.

Haut. 0^m26.

341 — Flambeau style **Louis XVI**, trois Dauphins enlacés.

Haut. 0^m20.

342 — Flambeau carré, style **Directoire.**

Haut. 0^m30.

343 — Flambeau style **Empire,** colonne droite.

344 — Flambeau style **Empire,** colonne balustre.

345 — Grand Flambeau style **Empire.**

346 — Deux **Enfants ailés,** pour flambeaux.

347 — Flambeau **Héron sur tortue.**

Haut, 0^m31.

348 — Flambeau **Héron.**

Haut. 0^m29.

349 — Flambeau **Feuilles d'eau.**

Haut. 0^m20.

AIGUIÈRE, VASES

350 — Grande Aiguière, style **Renaissance** et son plateau.

D'après l'étain de François Briot.

351 — Vasque ovale, style **Louis XV,** pour marbrerie

352 — Vase style **Louis XIV**.

353 — Vase **Serpents enlacés,** sur roseau.

354 — Le même (réduction).

Haut. 0^{m}00.

355 — Le même, plus petite (réduction).

Haut. 0^{m}00.

356 — Vase, anse feuillages, style **Louis XVI,** pour marbrerie.

357 — Vase style **Louis XVI,** trois pieds.

358 — Vase forme **œuf,** à guirlandes.

359 — Vase style **Louis XVI,** ceinture à entrelacs.

360 — Vase style **Louis XVI,** bas-relief, ronde de Femmes.

Par Clodion.

361 — Vase style **Louis XVI** (sans pied), bas-relief), ronde d'Enfants.

Haut. 0^{m}22.

Par Clodion.

362 — Le même (bas-relief contre-partie).

Haut. 0^{m}22.

363 — Le même (réduction).

Haut. 0^{m}17.

364 — Le même (bas-relief contre-partie).

Haut. 0^{m}17.

ENCRIERS ET DIVERS

365 — Encrier style **Renaissance**, couvercle à Dauphins.

366 — Encrier style **Louis XV**, sujet Fleuve.

367 — Encrier style **Louis XV**, à deux godets, sujet Enfant écrivant.

368 — Encrier style **Louis XV**, à grosses feuilles.

369 — Encrier style **Louis XV**, petit vase.

370 — Encrier style **Empire**, Femme cariatide.

371 — Petite Statuette **Diane à la levrette.**

372 — Petite Statuette **Enfant couché.**

372 *bis* — Petite Statuette **Enfant couché**, contre-partie.

373 — Petite Statuette **Enfant assis** sur des livres.

374 — Petite Statuette **Femme au bain**,

Par FALCONNET.

375 — Petite Statuette **Femme à la colombe.**

Par FALCONNET.

376 — Deux Consoles style **Louis XV.**

377 — Pot à tabac, **Combat de Centaures.**

Par Michel-Ange.

378 — Contre-partie du précédent.

379 — Une Espagnolette style **Régence.**

380 — Une Serrure style **Louis XVI** et son bouton.

381 — Bougeoir style **Louis XV,** Tulipe.

382 — Tortue **Chinoise** presse-papier.

383 — Petit Vase **(pot à crème).**

ANIMAUX

384 — Groupe **Combat de Cerfs.**

Attribué à Fratin.

385 — Groupe **Chasse au Lion.**

Attribué à Fratin.

386 — Groupe **Lion au Crocodile.**

Attribué à Fratin.

387 — Groupe **grands Chiens** (Phanor et Rapp).

Attribué à Fratin.

388 — **Lionne** emportant sa proie.

Attribué à Fratin.

389 — **Cerf couché**.

Attribué à Fratin.

390 — **Ours** à la musette.

Attribué à Fratin.

391 — **Ours** et son petit.

Attribué à Fratin.

CHANDELIERS D'ÉGLISE ET AUTRES

392 — Chandelier style **Renaissance**, à têtes d'animaux.

393 — Chandelier style **Renaissance**, fruits.

394 — Candélabre style **Renaissance**, à 4 lumières.

395 — Flambeau style **Renaissance**, pied rond.

396 — Flambeau **vénitien** uni.

397 — Chandelier style **Louis XV**, à canaux.

398 — Le même, plus petit.

399 — Flambeau style **Louis XVI**, à perles.

400 — Grand Flambeau style **Empire**.

401 — Deux Flambeaux style **Empire**.

402 — Grand Flambeau style **Empire**, pied rond.

403 — Flambeau style **grec**, pied triangulaire.

404 — **Monture** pour flambeau et porte-bouquets.

405 — Éléments pour **Montures diverses**.

406 — Sous ce numéro et suivants les Modèles non portés au présent Catalogue.

PARIS. — IMP. MAULDE, DOUMENC ET Cie

RED. :

20